夢詩集

星空で逢いましょう

こばやし てつや

ブックウェイ

目次

装幀　2DAY

夢詩集　星空で逢いましょう

想い出のカレンダー

知らない弾みが偶然
水面に広がれば
水玉模様の美しさは
奇跡の彩りを感じる
心のパネルは続く
胸の高鳴りは増して
想い出のカレンダーは
爽やかな風で捲《めく》れる

幸せそうな揺らめきは
星空へと消えそうで弾む
全て奪われそうで
困惑なシーズン
それぞれの想いは
闇の場所へ残す
永遠に僕の中で忘れない
憧れが育《はぐく》まれる

森の風の香り

新しい絞りたての朝
しだいに午後を迎えると
ギラギラ夏の太陽
どこまでもどこまでも
広がる青い空
あなたに逢えた夢も
今も感じている果てに
迷路のような現実

森の風の香りも
ふわり雲に乗って
ずっと飛んで行く
寂しさはそのまま
絡《から》まるばかりでも
どこまでも旅の果て

あなたへ届けたい

僕の初めての気持ち
あなたへ届けたい
星座の切手と共に
詰まったこの想い
ゆらりゆらり
時間が重なり合って
幸せが遠くに響く

限りない地平線

昨日よりもしなやかに
広がる丘の上の景色
吸い込まれる想い
ひとりにもたれたり
モノクローム よみがえる
何度も歩もうよ

恋の蒼いページ

絵本の国からやってきた
花柄スカートに包まれた
とびっきりのあの娘
不思議な想いは
風と共に走りだす
空高くの雲に近づいて
弾き出す恋
瞳に染まるよ
恋の蒼《あお》いページ

永遠のハーモニー

地球を辿り歩けば
何が見つかるのだろう
山あり谷あり海あり
花あり星あり夢あり
答えを見つけて
永遠のハーモニー
これから始まる
新しい時を潜《くぐ》ろう
どこまでも　どこまでも

幾つになっても
どれだけ涙流せば
あなたに逢えるの
芽生えが生まれる
純白の心の奥にある
これからの知らない
現実の真実を求めて

恋は秘密の玉手箱

僕だけの想い出
白い季節と共に
捲《めく》れていくよ
夢に刻まれる
遠くのかなたまで
楽しそうに弾む乙女
寒い空には
雪が舞い散る

恋は秘密の玉手箱
夢に続いている城
白い階段
雪でひたすら眩しい
まるで御伽ばなし
二人の恋の先
結ばれながら空に描く
あなたの瞳は宝物

オルゴール

古くなったオルゴール
だけどメロディー流れる
新しい寂しさを奏でる
心に塗られる
僕の人生になるよ
温もり捜したら
結ばれたリボン
天真爛漫《てんしんらんまん》さは
咲いたばかりの恋

奇跡を信じよう

生きている奇跡

どんより滲《にじ》む
銀杏《いちょう》のじゅうたん歩道
心配事　悲しい事
全ては隣り合わせ
ひとつずつ馴染《なじ》んで
人生の重さに耐えて
壁につまずく度に
笑顔を忘れずにいよう
夢を握りしめながら

溢《あふ》れる空
寂しさ染める現実
オルゴールを聴きながら
天秤に恋をのせて
気持ちはひとりぼっち
二度とは戻らないで
この街で暮らすんだ
生きている奇跡
冒険　旅　憧れ
いつも一緒だから

まんまる白い風船

木枯らし吹く道
あの街もこの街も
夕暮れ時は紅色が素敵
リズムに乗せて
野原を歩いて行く
あなたがいてくれたら
ハートが膨らむだろう
好きなんだけれど
だけど今は肌寒い秋

背伸びする度に
何かを感じる気配
思い浮かべるよ
まんまるな白い風船
壊れないように
手に糸をギュと握る
抱き締められたらいいなぁ
あなたの夢まで
一緒にいられたら
どんなにいいでしょう

ベツレヘムの星

真白な雪が舞う歩道
振り向いても誰もいない
あなたは遠くどこにいるの
風だけが冷たく突き刺さる
一人だけ強く信じて
真っ直ぐ歩いて行く
いつもと変わらずに
瞬《まばた》きを繰り返す

心に重たくのしかかる
クリスマスイブだけれど
気分だけは感じられる
ベツレヘムの星が眩しくて
夢を信じて約束するよ

道程のためらい

牡丹雪《ぼたんゆき》が舗道に積もる
今までに知らない景色
現実は眩しくて
何度も吹いて響く
風が強く胸に染みる
一人ぼっちの恋
あなたから逸《はぐ》れて
きっとまたどこかで
逢えると信じている

あちらこちらに
かまくらに雪だるま
寒さを忘れたのかなぁ
猫がそっと隠れ込む
冬の夜明けはまだ先
闇の空は深く続く
道程《みちのり》のためらい
全てを振り絞れば
恋愛は夢だけど
愛する妄想は浮かんだ

願いを砂浜に描く指

僕はどこから来たのだろう
そしてどこへ行くのだろう
灰色の空に
舞い降りる雨しぶき
少しも素直になれなくて
弱虫なだけで
なんでも空回りで
明け暮れるだけで
それが運命なのだろうか

願いを砂浜に描く指
波に消されては
また同じに描く
あなたを想えば
さみしくないから

ときめき色の雫

色づく季節
春の風　ピュー
夏の風　ピュー
秋の風　ピュー
冬の風　ピュー
青空に届けよう
僕の膨らむ気持ち
願いごとあれば
星にお祈りしよう

それぞれの物語
タンポポ
ひまわり
紅葉《もみじ》
雪だるま
限りなく美しく
どこまでも忘れない
ときめき色の雫たち

風船に夢をのせて

春の風が舞う夕方
風船が飛んでいった
カラスもびっくり仰天
カァーカァーカァー鳴いた
白色の風船に夢をのせて
青色の風船に夢をのせて
緑色の風船に夢をのせて
黄色の風船に夢をのせて
赤色の風船に夢をのせて

丘を越えて山を越えた
どこかしらか
やがてお星様が
ひとつ　ふたつ　みっつ
輝いている
風船は消えたけれど
思い出はずっとずっと
消えないから
また会おうね
約束だよ

憧れ浴びながら

ゆうつな日々に
想い想いに
何を知るのだろうか
しっかりと捜す答え
目の前の現実
ぽかぽか日差し浴びて
季節を感じる風
森の勇ましい香り
響き合う眼差《まなざ》し

ガラスの花
あやとりの形
時にはおぼろ気に
沈んだり浮いたり
憧れ浴びながら
あなたを競う様に
集めた想い出が咲いた
どこまでも真っ直ぐに
とりのさえずり
絶えまなく続く

春に舞う桜

春を知らせるウグイス
桜色のほっぺた
つくし　こいのぼり
揺れる風の音色《ねいろ》
ひとつずつ確かめて
やさしさの想い
そっと流れて行く
何気ない時が弾む

子どもたちは喜んで
丘の上の公園を駆け回る
遠くには夕暮れで赤い空
涙で消えるかな
昔のように時が過ぎる
春に舞う桜
想い出のページに
しおりにするの

明日へ続く希望の証

春のユラユラ舞う風よ
土手にはサイネリアが咲いた
パステルカラーに包まれて
やさしい香りが漂う
明日へ続く希望の証《あかし》
自由の想いを束ねて
寂しさは全て忘れて
恐れる物は無いから
ひとつずつ集めた笑顔

君と出逢う為に生まれてきた
僕はどのくらい歩けばいいの
巡る新しい日々を握りながら
遠い海へ届けたよ
不思議な恋を散りばめて
耐えながら過ぎれば
大切に束ねられていくよ
夢のスクリーンに映れば
信じ合う大切さは
これからもずっと忘れない

恋咲く桜道

指折り焦《こ》がれては
秘めた夢ひとつ
心が震えるくらい
ずっと大切にしている
天使はどこにいるの
遠くの恋の星
煌めきは想い出
恋咲く桜道

輝いた愛の花
さびた溜《た》め息は
ときめきを告げている
心の冒険を刻む
あなたとの想い出
知らないままでも
信じ続けているから
夢のように

ビー玉が踊る

かわいい果実たち
不透明さが織り込まれて
胸底には素朴に感じる
僕の無かった微笑み
もう一度よみがえる
はじめての気持ち
冷やしたラムネ
浮いたり沈んだり
ビー玉が踊る

光の国へと
目映く揺れる
果実のやさしい幸せ
心は渇いていく
大人へ背伸びする
冷やしたラムネ
浮いたり沈んだり
ビー玉が踊る

【著者プロフィール】

小林 哲也（こばやし てつや）

東京都出身
kmpの本　2016年度版 新人作詞家作曲家代表作品集に掲載される。

夢詩集 星空で逢いましょう

2017年3月3日発行

著　者　こばやし てつや
制　作　風詠社
発行所　ブックウェイ
〒670-0933　姫路市平野町62
TEL.079（222）5372　FAX.079（223）3523
http://bookway.jp
印刷所　小野高速印刷株式会社

ISBN978-4-86584-234-0